辉映东江 一门先生之风

尚鹏 著

中国书籍出版社
China Book Press

图书在版编目(CIP)数据

辉映东江：一川先生集 / 尚鹏著. -- 北京：中国书籍出版社，2021.7
ISBN 978-7-5068-8596-6

Ⅰ. ①辉… Ⅱ. ①尚… Ⅲ. ①诗词-作品集-中国-当代②对联-作品集-中国-当代 Ⅳ. ①I217.2

中国版本图书馆CIP数据核字(2021)第197246号

辉映东江：一川先生集

尚鹏 著

责任编辑	成晓春
责任印制	孙马飞　马 芝
出版发行	中国书籍出版社
地　　址	北京市丰台区三路居路97号(邮编:100073)
电　　话	(010)52257143(总编室)　(010)52257140(发行部)
电子邮箱	eo@chinabp.com.cn
经　　销	全国新华书店
印　　刷	成都兴怡包装装潢有限公司
开　　本	880毫米×1230毫米　1/32
字　　数	160千字
印　　张	6.5
版　　次	2021年11月第1版
印　　次	2021年11月第1次印刷
书　　号	ISBN 978-7-5068-8596-6
定　　价	58.00元

版权所有　翻印必究

杨仲恺序

每个人都是智者和诗人
——尚鹏诗歌印象

尚鹏是我的同学，两年同窗，情深谊长。

2021年的年前年后，他发来微信嘱咐我给他将要出版的诗集写一个序言。一来我法律事务很多，写作任务也重，再者也是考虑给同学作序，自己有点儿分量不够，一犹豫就拖了好久。但尚鹏信任我，催促我好几次，这份信任热乎乎的，我只好抖擞精神，以全厚望。

我对尚鹏的印象很好，想起来这已是好几年以前的事了，那时候我们还年轻，刚刚入学的时候，尚鹏就把我惊呆了。

我们一起来攻读清华大学的高级工商管理硕士，没有想到眼前的这个尚博士已经是个著作等身有颇多研究成果的"博士后"，而且还是双料的。不由得对他暗暗敬佩，看看人家，学无止境，都博士后了，还来学习。此后，这些年对他的好感就一直没有消退，甚至有几分崇拜。

开学不久的一次联欢会上，这位博士后表演的节目竟然是武术，但见他踢腿弯腰，翻跟斗打把式，一招一式，颇有风采！才知道原来这就是传说中的文武双全呀！

更让我感到惊讶的是，尚鹏写诗。几次交流切磋，发现这不仅仅是他的雅好，更是追求。尚鹏是认真的。

尚鹏个子不高，头发很少，话不算多，戴一副眼镜，显得很深沉的样子。我那时就在想，这样一个看起来说不上帅的男人，他的内心世界究竟有多么的丰富。

现在，很多人以为写诗的人可能已经很少了。其实不然，有爱就有诗，有人就有温度，就需要情感的表达，写诗是所有人的权利和表达方式。在诗歌的表达上，技巧从来都是相对等而下之的东西，真诚、热爱，这些元素才是最为重要的。

那时候尚鹏跟我能迅速地成为好朋友，诗歌是重要的纽带，我们因为诗而结缘，而彼此相互欣赏和信任，我们的友情迅速拉近并且坚不可摧。但也因为总是来去匆匆，我们那时并没有更多时间坐下来认真地探讨诗歌创作。尚鹏知道我的写作人身份才来和我谈诗，彼此谈及，就都知道是同道中人。那时我就在想，我们一定会有机会认真地再谈诗，我也一定会拜读到尚鹏的诗歌。尚鹏几次跟我谈了准备出版诗集的事，他那么忙，我以为他也就是说说而已，很多人都有梦想，但是不一定去付诸实施，能说一说和想一想，那就是个有情怀的人了。

我和尚鹏也不是经常联系和见面。那年我去深圳，也是个过年以后的早春时节，我受到了包括尚鹏在内的深圳同学的热情招待，后来几次见面都是我们的校友活动之上。我和同学们的交流不是特别多，但我略有才艺，每次同学聚会都有登台表演的机会。每次我都会得到尚鹏的热烈掌声。我这个做律师的人，以"卖时间"为生，为别人服务的，事情不少。写作上这些年以散文和小说为主，已经没有太多时间和心情写诗。

但尚鹏却一直在写诗。2021年春节前，我收到了尚鹏的书稿，在夜深人静的时候认真拜读，感慨良多。尚鹏是个内心和阅历都丰富的人，他的诗歌就是他的人生和内心的投射，他是用心在写的。

　　让我又吃了一惊的是，这次尚鹏的诗稿，是旧体诗。我多年写新诗，旧体诗也写一点点儿。我知道在当下的环境里写旧体诗是很难的。在一定程度上，当下人是无法写出唐诗宋词的"古意"的，乡愁都找不到了，小桥流水可入古诗，写高楼大厦就不是那个味道。如何在新情境下写"旧"诗，这是每个写旧体诗的人面临的重要课题。

　　偏偏尚鹏做到了，他的诗古风古韵，气高韵足。写作这件事，"怎么写"倒是其次，"写什么"是首要的。尚鹏或者写景抒怀，或者记事记趣，看似信手拈来，实则一定是颇具匠心。我读了几天他的诗，沉迷其中，是一种享受。

　　旧体诗有严格的格律要求，音律的把握和对仗的精当都是需要基本功、需要不断锤炼的。况且，今人所用的新韵和古人也相差很远。我细看了尚鹏的诗，在这方面还有待于进一步提高。但反过来说，又何必过于拘泥于程式和既有巢窠呢？正如前所言，诗的最高境界在于诗境，而不能完全局限于定法，写出温暖和爱，就是好诗。

　　祝愿尚鹏同学写出更多更好的诗篇，在人生路上，每个人都是智者和诗人。

　　是为序。

杨仲凯

2021年2月26日

辛丑年正月十五

作者自序

时光荏苒，转眼之间我已到知天命之年。

回想四十余年前我年幼之时，军人出身、受过私塾教育的父亲，每周伊始，会以古文一篇或古诗词一首为任务，先给我读一遍，然后讲解一遍，然后带我读一遍，接下来就是我一周的功课，要求必须会背，周日晚饭时节检查背诵。若不能成诵则被父亲狠训一顿，兼被罚晚饭最后一个人吃。少儿时节正是最贪玩的时候，背诵古文诗词，多耽误出门与小伙伴玩耍呀，常引以为苦事。几次被罚的时候，母亲不忍，常常背着父亲偷偷给我零食吃，并嘱咐我面墙偷吃，以免被父亲发觉。其实父亲也早就发觉。只是不说破而已。此情此景，如今回忆起来仍然历历在目，父母爱子情之深，望子成龙心之切，可见一斑，可怜天下父母心！

后数年为了能周末免于被训，免于饥肠辘辘的时候不能及时吃到晚饭，我都很好地完成了背诵任务。然动机如此，彼时对于所背诵的古文、诗词的深刻理解就顾不上了。及至读了小学、初中、高中，才发现学校课本里面出现的、老师要求背诵的古文和诗词，绝大多数我儿时就已经烂熟于心。每每课堂我第一个举手要求表现背诵，不免被老师、同学们惊奇，皆以为这娃这么聪明，老师刚讲完，他这么快就会背了？我不免暗自得意，同时也

序　言

形成了自己对于中华古典文学的终身爱好，逐渐理解了诗文中的意境与美丽。浸润其中、汲养其中，也慢慢理解了父亲的深意。后来我能不断学习，皆是父亲当年引导之功。

　　成年之后我多年奔波于国内外各地，苦读各级学位。一路行来诗书始终伴手，读诗成为人生一大乐事，颇能解学业压力和奔波之苦。偶也自己涂鸦尝试创作，多散失。定居岭南之后生活趋于稳定，然工作性质决定我常需出差。每每差旅至于一地，必先毕公事而后访先贤故地、名山大川，以诗词创作记录所见所感，几年下来不觉已能成册。如今父母皆已仙逝，薪火相传，教书育人也成了我的一份职责。我也常常鼓励自己的学生多读古诗文，以知古、以明理、以养志，同时也更加深切怀念、感激父母。为纪念父母，不惮于贻笑于当代诗文大家，斗胆尝试编辑出版。

　　杨先生仲恺，大才也。与我是清华经管学院 EMBA-15D 班同班同学、好兄弟。其人为天津知名大律师，业界翘楚，更多才多艺，是中国作家协会会员，天津市河北区作家协会主席。近水楼台，故求助于其以如椽大笔为我写序。杨兄欣然答应，尚某幸何如之！揖手再谢！

尚　鹏

2021 年 1 月 31 日于深圳

目 录 Contents

武汉东湖印象	001
悼陈忠实先生仙去	004
长相思·清华 EMBA 知行中国活动纪	006
深圳莲花山公园记游	007
丁酉年四月初六过洛阳	011
丁酉年四月初八晨过南京报恩寺	015
山中问答和诗一首	020
微雨随友访苏州金鸡湖桃花岛	022
题焦作一中 8704 班卅年毕业聚会	026
浙江仙居永安溪旅怀	030
张掖记行并寄晓峰同学	034
赋高中同学时老照片	035
忆江南·题诗社飞雪玉兰江南秋早图	036
题出生地宜都山水	039
丁酉年仲秋马鞍山述旅	041
电影《芳华》观后感	045
为范兄报故乡山阳初雪吟	048
再挽清华 EMBA15D 班薛利平兄弟	053

戊戌年清明厦门纪行	057
为题清 E 郭泽君西藏美图	061
和佚名国庆中秋双节庆下阕	064
戊戌年五一游肇庆鼎湖山遇雨	066
戊戌年初夏行旅过温州记	070
题高中同学范兄聚会诗	074
题清 EMBA 郭泽君兄弟藏区山水摄影图	075
贺清华经管何教授新书出版	078
和潘又林深圳茶溪谷诗	079
戊戌年六月初九晨车行过苏州纪	081
为题郭泽君兄雅鲁藏布沙海图	085
为和仲凯诗并祝绿丞东涯论坛成功	088
戊戌年初秋乘山航至济南	091
戊戌年仲春徐州云龙湖行纪	093
为二〇一八年国庆深圳夜景题赞联	097
题清华经管陈教授十一圆明园游	100
戊戌年九月挽金庸大侠驾鹤仙去	103
为赋戊戌年肇庆人才节	105
东坡居士超然台怀古	107
诗赠清本 94 岳师弟可可西里星空摄影	112
己亥年五一访罗浮山微雨	116
游绍兴会稽山大禹陵	118
题清华 EMBA 傅水康恩施峡谷行图	121
蓬莱之滨	124
蓬莱阁边怀古	129
戊戌年中秋祈佑家严安康	132
七言己亥年秋悼亡父	138

目录

题清华 EMBA 泽君西藏大昭寺摄影	144
己亥年冬月廿八过大明湖	147
微信收故园山阳小雪图	150
异韵和曲水流觞诗社沈婷浣花渡图	154
庚子清明北望遥祭父母	156
为曲水流觞诗社题扬州瘦西湖晚照亭图	158
庚子年初春惠州淡澳河慢行	160
五一随笔·小睡时节日已迟	164
庚子年四月廿二惠东纪行	165
忆江南·金陵好，钟山起新篇	166
庚子年闰四月十七再登虎丘	168
金陵北望王气休	172
夏至为曲水流觞诗社命题应和	175
端午诗	176
庚子年高考日有感兼勉学弟妹	178
题清北诗社飞雪玉兰荷花图	179
题曲水流觞诗社林中琴剑图	181
诗赠泽君同学西藏爱心行	182
广西贺州姑婆山玉石林记游	185
露下窗外听寒蝉	187
西江月·万古如同大梦	189
江城子·一别山阳世茫茫	192

武汉东湖印象

  丙申年三月廿四日，急赴武汉公干，隔日事毕，天近黄昏，访东湖。

  昔我往矣，
  杨柳依依，
  行吟泽畔，
  雁何栖栖。

  今我来仪，
  水何澹澹，
  沉醉湖岸，
  星何淡淡。

2016 年 4 月 30 日

一艘游艇在武汉东湖湖面上驶过

傍晚的武汉东湖岸边灯光点点

武殿东湖印象 丙申年三月廿五日

昔我往矣 杨柳依依

行吟泽畔 雁何栖栖

今我来仪 水何澹澹

沉醉湖岸 星何淡淡

悼陈忠实先生仙去

2016年4月29日，著名作家陈忠实先生去世，享年73岁。余以为，陈先生的《白鹿原》是可以媲美诺奖《百年孤独》的大作，这一点会逐渐为后世所认同。

> 塬上曾经有白鹿，
> 人间从此无忠实。
> 中华文脉有君传，
> 陈迹生辉可勒石。

注：前二句为清华EMBA15D班才子周大钊写，后二句我续。一路走好，陈老先生！

2016年5月1日

附：周大钊《入秦川登白鹿原祭陈忠实先生》

> 鹧鸪啼唱不胜情，
> 夜月孤眠渐五更。

客入潼关知物厚,
柳攀灞水慕山清。
读君每爱秦腔壮,
寻迹尤惊汉祚平。
白鹿杳冥人复去,
古塬春尽草菁菁。

长相思·清华 EMBA 知行中国活动纪

"大漠孤烟直，长河落日圆。"一直以来雄居祖国西北边陲，扼守河西走廊的咽喉要地张掖，都是诗人骚客、侠士英雄引吭高歌，建功立业的地方。纵横几千年的中华历史，结缘此间有数不清的传说与故事、光荣与梦想。2016 年 8 月 19 日的雨夜，清华 EMBA "知行中国"活动开始于此。是夜数百顶帐篷立于张掖古长城遗址脚下，蔚为壮观，全班聚餐，感念之，写于帐中。

长相思

风一程，雨一程，身宿张掖古长城，夜深千帐灯。
话一更，情一更，灯帐细细述心声，情谊照此生。

2016 年 8 月 19 日

深圳莲花山公园记游

丁酉年清明假期于深圳福田区莲花山公园作。

向花中去,
作鉴赏人。
居平常心,
作努力事。

2017 年 4 月 4 日

莲花山公园步道边繁花盛开

莲花山上花团锦簇

莲花山上草木茂盛四处繁花盛开

地下也有落叶落花

花山公园

向花中去

作鉴赏人
居平常心

作努力事

丁酉年清明

丁酉年四月初六过洛阳

丁酉年四月初六，余赴洛阳参加项目签约仪式。时值牡丹花盛开时节。会后于洛阳牡丹公园中游玩，见花海如翻波浪，且人潮如注流水，随口占。

洛阳牡丹真国色，
花开时节动公卿。
妍艳万方千枝绽，
人间始道正逢春。

2017 年 4 月 27 日

落阳牡丹之盛天下少有其匹

牡丹花朵大而艳丽

一枝独秀压群芳

群芳朵朵花丛争艳

过洛阳

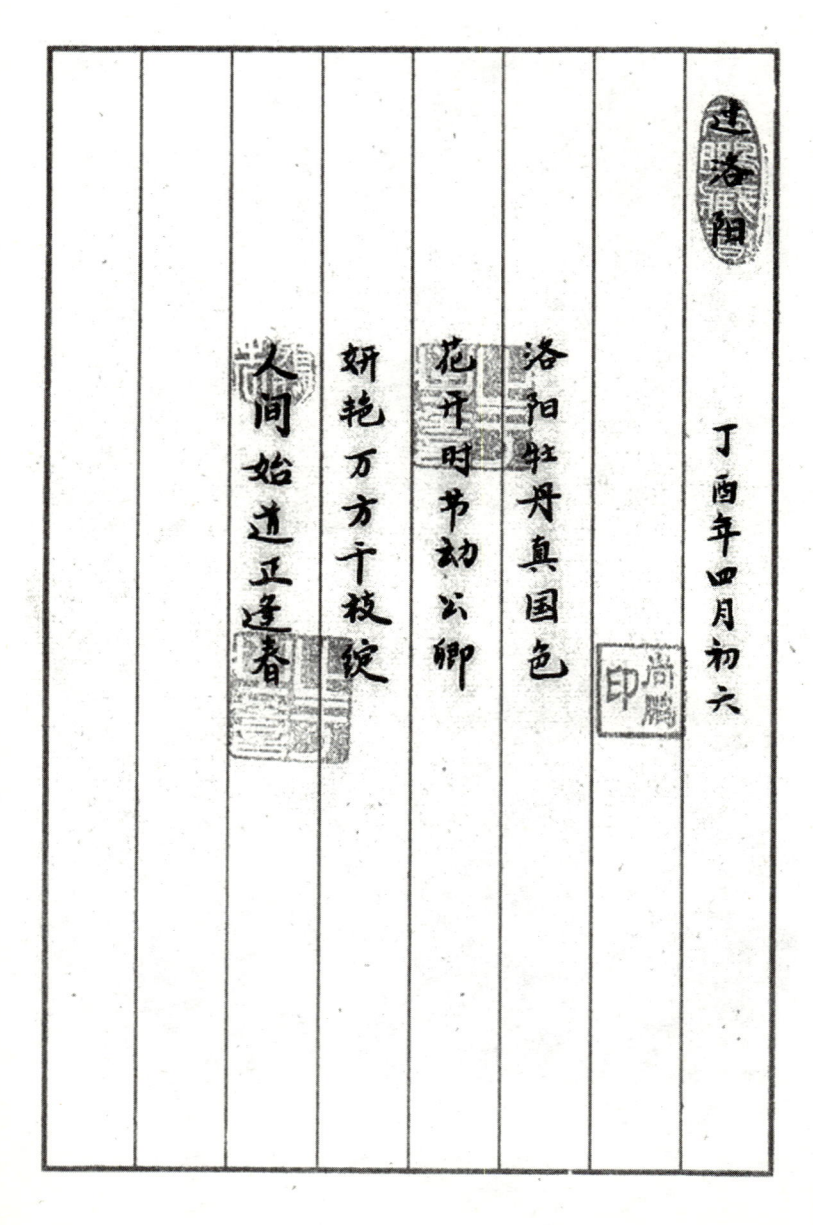

丁酉年四月初六

洛阳牡丹真国色

花开时节动公卿

妍艳万方千枝绽

人间始送正逢春

丁酉年四月初八晨过南京报恩寺

南京中华门外有报恩寺，庙宇巍峨，为江南名刹。余晨起沿秦淮河行走，但见故城墙与报恩寺之间，杨柳青青，河水清澈，过"长干桥"时忽闻寺院钟声，回头有骤然顿悟之感。

秦淮波光潋，
报恩塔再现。
闲步闻钟声，
不觉到彼岸。

附注："南朝四百八十寺，多少楼台烟雨中。"杜牧这两句诗中四百八十寺的起源就是南京大报恩寺，始建于三国时代孙吴，历数朝至明永乐年间而大兴。永乐帝朱棣重建此寺，耗银巨万扩建为江南诸寺之首，清末不幸毁于战火。2004 年，南京市开始筹建大报恩寺遗址公园。2008 年，在报恩寺遗址出土的铁函中发现了佛顶舍利。2010 年，南京大报恩寺佛顶骨舍利盛世重光系列活动在栖霞寺隆重举行，有近 20 万人前往瞻礼。"长干桥"在唐代以前就存在了,名称沿用至今。而与长干桥对应的里巷叫"长干里",人们普遍认为是诗仙太白诗句中的"郎骑竹马来,绕床弄青梅。同居长干里,两小无嫌猜"中的"长干里"即是此地。

2017 年 5 月 3 日

丁酉年四月初八晨过南京报恩寺

秦淮波光潋

报恩塔再现

闲步闻钟声

不觉到彼岸

隔秦淮河眺望南京报恩寺塔

秦淮河里水草丰茂

辉映东江————川先生集

南京城墙上隔河远望报恩寺塔

报恩寺塔建设规划效果图

山中问答和诗一首

　　深圳中学马老师，以"山中问答"为题，分享未名山间雨雾美景视频，并附南朝陶弘景《诏问山中何所有赋诗以答》。余和之。

　　　　白雾压山低，黄鹂鸣清溪。
　　　　问君居何所？云中是吾期。

附：南朝陶弘景《诏问山中何所有赋诗以答》诗

　　　　山中何所有，岭上多白云。
　　　　只可自悦怡，不堪持赠君。

2017 年 5 月 10 日

辉映东江——一川先生集

深圳周边某山中云雾低垂的景象

微雨随友访苏州金鸡湖桃花岛

　　丁酉年六月十九日，随海归博士项目考察团到苏州考察，会议中心位于金鸡湖畔，中有桃花岛。午休时分，几位团友游兴陡长，遂泛舟湖岛。

仲夏六月姑苏游，
忙里偷闲泛湖舟。
荷花婉约芦花直，
桃花小岛似月钩。

叶底黄鹂声声翠，
细雨和风丝丝愁。
吟啸声驻惊双禽，
水光望断已忘忧。

2017 年 7 月 12 日

微雨随友访苏州金鸡湖桃花岛 丁酉年六月十九日

仲夏六月赴苏游 忙里偷闲泛湖舟
荷花婉约芦花直 桃花小岛似月钩
叶底黄鹂声声翠 细雨和风丝丝愁
吟啸声惊双禽 水光望断己忘忧

苏州桃花岛上荷花盛开

苏州桃花岛水系一角

辉映东江————川先生集

一朵芙蕖开过尚盈盈——桃花岛远近景

于湖岸树影中远望苏州城区

题焦作一中 8704 班卅年毕业聚会

2017 年 7 月,时值焦作一中 8704 班高中毕业三十周年,同学首次聚会于焦作市太行山净影寺景区。想三十年如弹指一挥间,同学皆唏嘘,诗以记之。

之一:

千里不远,万里不遥,想念就一定见得着;
卅年不长,百年在望,祝福便都能听得见。

之二:

山中有静气,盈耳无杂音。
少年负笈去,半百方始归。
同学喜相逢,举杯共畅饮。
一樽叙家音,一樽述乡情。
相携共醉时,无负少年心。

之三：

匆匆来去间情意已铭刻，
默默回首处相携共美好！

2017 年 7 月 20 日

题佳作一中八七四班毕业卅年聚会 戊戌年五月

千里不远 万里不遥 想念着就一定

见得着

卅年不长 百年在望 祝福便都听得

见

高中同学聚会留念

三十年后同学再会于河南省焦作市太行山静影寺景区

浙江仙居永安溪旅怀

　　浙江台州仙居，传诗仙太白诗《梦游天姥吟留别》中天姥山之所在也，现名神仙居，属今浙江台州仙居辖下。其前永安溪，为椒江上游，浙江八大水系之一。仙居段夹岸数十里，青山映带，水尤清冽。

　　永安溪，溪永安？
　　波光静静山青青，游鱼戏水，溪水东，溪水西。

　　神仙居，居神仙！
　　云霞绕绕雾蒙蒙，白鹭觅栖，青山南，青山北。

2017 年 8 月 16 日

浙江仙居旅怀 丁酉年六月廿五日

永安溪 溪永安 波光静静山青青

游鱼戏水 溪水东 溪水西

神仙居 居神仙 云霞饶饶雾蒙蒙

白鹭觅栖 青山南 青山北

浙江台州仙居永安溪边眺望古塔

仙居永安溪边水中高地及远山

永安溪边远眺群山连绵

水草茂盛的永安溪畔

张掖记行并寄晓峰同学

　　此诗责张晓峰同学不与我等一起去张掖，致我等失一大乐，一同乐。乐以寄之。

长风万里张掖行，
同侪远望晓峰青。
帐内通明帐外雨，
不叙诗书叙友情。

2017 年 8 月 20 日

赋高中同学时老照片

五陵少年轻狂日，
宅中老男减肥时。
如花美眷或可期，
似水流年安能执？
卅年一觉山阳梦，
醒来窗外日将迟。
闲居每念同学事，
春山空望泪痕湿。
所望同侪皆康健，
太行秋熟再赋诗。

2017 年 9 月 3 日

注：原来末句为：共聚再续青春诗。在清华 EMBA15D 周大钊同学提议下修改为：太行秋熟再赋诗。

忆江南·题诗社飞雪玉兰江南秋早图

  清北诗社飞雪玉兰分享江南秋早图,图为江南小镇秋日之晨,天街小雨盈润,湖中雾气袅袅,大美江南。余早年亦曾工作于无锡,江南风物仍历历在目,故题。

江南好,
记忆越千年,
旭日映桥渔舟早,
秋来朝霞映红天,
细雨正当前。

2017 年 9 月 27 日

辉映东江————川先生集

诗友飞雪玉兰分享的江南风烟渔舟图

烟雨朦胧中的江南渔舟

辉映东江———川先生集

江南早晨寂静的古街巷

江南渔村晨起时的水道

题出生地宜都山水

余出生于湖北宜都,清江与长江的交汇处。时父亲为山中的兵工厂军代表。出生那年长江发大水,稻田里面满是大鱼,哥哥姐姐常给我讲开心抓鱼的故事。

百里清江一画廊,
宜都山水我家乡。
何日俗世无烦扰?
扁舟一叶下当阳。

2017 年 10 月 12 日

湖北宜昌自古乃形胜之地

湖北宜昌清江美景

丁酉年仲秋马鞍山述旅

丁酉年仲秋,逆旅安徽马鞍山。住宿酒店外有小湖,名为雨山湖,清波荡漾,绿荫环绕。清晨伊始,晨练之人络绎不绝,游湖感而作。

雨山湖畔秋晓,
一望绿堤萦绕。
闻道长桥秋好,
相约柳下垂钓。
江山信是东南美,
合是此间终老?

天涯羁旅纷扰,
心头梦想仍早。
暂停孤舟征棹,
权效谢公稍稍。
虽有云鬓岁月催,
不辞五陵年少!

2017 年 10 月 25 日

丁酉年仲秋马鞍山述旅

雨山湖畔秋晓 一望绿堤萦绕

闻道长桥娶娶 相约柳下垂钓

江山信是多娇 合是此间终老

天涯羁旅纷扰 心头梦想仍早

暂停孤舟征棹 权效谢公梢梢

虽有云鬓岁月催 不辞五陵年

早秋安徽马鞍山雨山湖边的凌晨

雨山湖岸安详宁静

辉映东江———川先生集

远望雨山湖外马鞍山市区

无人的小桥与静谧的湖水为伴

电影《芳华》观后感

  时光在逝去,一代人的芳华说过去就过去了。无论辛酸苦辣都是人生遭迹,不可回转。好在时代还在进步,真是来日美好仍可期。

  此诚芳华堪回忆,
  势难回首旧事移。
  人生没有回程票,
  来日美好犹可期。

2017 年 12 月 2 日

电影芳华观后感

此诚芳华堪回忆

势难回首旧事移

人生没有回程票

来日美好犹可期

时光在逝去 一代人的芳华

过去就过去 无论辛酸苦辣

都是人生遭迹 不可回转

好在时代还在进步 真是朱日美好可

期盼

富也罢 贫也罢 临了都要全撂下

贵也好 贱也好 走时不了也得了

万里长城今犹在 不见当年秦始

皇

为范兄报故乡山阳初雪吟

  戊戌年冬日,高中同学范杰兄报故园山阳已下初雪,雪厚数寸,漫天皆白,龙源湖畔踏雪访景,别是一番风味。

一年春又近,
独坐盼乡音。
晨起忽闻讯,
山阳雪殷殷。

关山晓月疏,
犹照雪中行。
家园千万里,
思乡一片心。

2018 年 1 月 14 日

为花兄报故乡山阳初雪吟 乙酉年十一月十八日

一年春又近 独坐盼乡音

晨起忽闻讯 山阳雪殷殷

关山晓月疏 犹照雪中行

家园千万里 思乡一片心

辉映东江——一川先生集

故园山阳大雪茫茫

故园山阳龙源湖岸边雪景

辉映东江——一川先生集

一位路人骑车在雪中走过

一位妈妈带着孩子小心翼翼地走在上学的路上

故园山阳大雪压枝

故园山阳小区车上覆落的积雪

再挽清华 EMBA15D 班薛利平兄弟

2018 年 3 月 8 日,清华 EMBA15D 班的好同学、好兄弟薛利平病逝,震惊哀伤,痛之悼之!深挽之。

之一:

曾约草原任意驰,声犹在耳,歌犹在喉,何忍转瞬成绝响?

把盏清华话鸿图,情仍在心,景犹在眼,此际苦酒怎下咽!

横批:利平走好!

再挽:

生老病死,怨憎会,爱别离,求不得。人生最苦,为何仍自强不息?因为心中有梦。

仁义礼智,天地亲,君子信,师恩重,同学最亲,相约行厚德载物,我们心中有你。

横批：天妒英才！

我们的好兄弟薛利平，音乐学院民歌专业科班出身，人帅才多。同窗两年，你张罗大家看各种演唱会，从陈奕迅、王菲到汪峰。有你的地方就有好酒好曲，就有欢声笑语。在2016年班级聚会上，你更是给大家唱了一首陕北民歌《泪蛋蛋泡在沙蒿蒿里》。歌里唱道："一个在那山上呦一个在那沟，咱们拉不上个话话，哎呀招一招个手。"你跟大家招了招手，台上身为草原汉子的你已泪如雨下。那晚大家酒酣耳热，沉醉于你歌声的苍凉与忧伤，你抹完泪在如雷掌声中继续着你惯有的昂扬，说道："利平有天开个人演唱会，全班同学要给我赞助啊！"此情此景依然历历在目，我们还在等你开个人演唱会，而你却已离我们而去。那一晚的高亢不意竟成绝响！

此刻我已写不下去了，泪眼模糊！泪眼模糊！

2018年3月8日

附：15D 同学杨仲凯兄弟致挽联

歌声宛在，全体同窗哭好友。
笑脸长留，无边草木叹春风。
横批：天妒英才

附：15D 同学邱斌书挽诗

荡气歌声今犹在，
豪迈风骨天国行。
利平驾鹤芳华去，
兄弟把酒泪满屏。

再挽清 ……前刊平兄弟

生老病死 怨憎会 爱别离 求不得

人生最苦 为何仍自强不息 因为心

中有梦 仁义礼智 天地亲 君子信

师恩重 同学最亲 相约行 厚德载物

我们心中有你

戊戌年清明厦门纪行

　　戊戌年清明时节,于福建厦门集美区九龙江口处。湖面为省水上运功训练基地。时春暖花开,有皮划艇湖面荡过。

　　年年岁岁花相似,
　　岁岁年年人不同。
　　扁舟举棹且徐行,
　　岸上羡煞看花人。

2018 年 4 月 5 日

厦門紀行

戊戌年清明

年年歲歲花相似

歲歲年年人不同

扁舟且莫樽且徐行

岸上羡煞看花人

辉映东江————川先生集

厦门集美滨水小区的湖景

厦门集美滨水小区观景桥

厦门集美杏林湾湖区二人划艇训练中

于厦门集美杏林湾湖区花中远望厦门城区

为题清 E 郭泽君西藏美图

梦中一片海,
心中无数峰。
西方有净土,
藏在白云中。

2018 年 4 月 6 日

辉映东江————川先生集

西藏湖岸边蜿蜒的公路

西藏不知名湖中的小码头

为题赠
郭泽君西藏美图

梦中一片海
心中无数峰
西方有净土
藏在白云中

戊戌三月初三

和佚名国庆中秋双节庆下阕

上阕为佚名题，磐石养老崔翔菊上传。

一季夏，繁华锦绣去，秋风起，万物丰收来。
节庆好去处，熙熙攘攘红尘栈，留得欢笑声。

半世缘，酸痛苦辣来，稻花扶，千穗绽放开。
双庆喜欢迎，静静谧谧绿竹隐，换得浮生闲。

2019 年 10 月 3 日

和下阕

上阕为佚名题磐石养老崔翔菊上传

一季夏 繁华锦绣春 秋风起 万物丰收

来 节庆好去处 熙熙攘攘 红尘栈留得

欢笑声

半世缘 酸甜苦辣来 稻花扶 千穗绽放

开 双庆喜相迎 静静谧谧 绿竹隐揽得

浮生闲

戊戌年五一游肇庆鼎湖山遇雨

戊戌年三月廿日，与内人驾车游肇庆鼎湖山。山顶遇大雨倾盆，却因而得见天地山水绝佳之景。

几处楼台烟水色，
一帆风雨渡清波。
鼎藏九州育华夏，
山含乾坤万里春。

注：本拟修改字节符合韵脚，有朋友读后建议保留原始韵味。

2018 年 5 月 5 日

辉映东江————川先生集

肇庆鼎湖山中游船离岸而去

肇庆鼎湖山的鼎

辉映东江————川先生集

于鼎湖山的密林中看着游船离去

肇庆鼎湖山的秀丽山水

戊戌年五一游肇庆鼎湖山遇雨 戊戌年三月廿

几处楼台烟水色

一帆风雨凌清波

鼎藏九州育华夏

山舍乾坤万里春

戊戌年初夏行旅过温州记

　　浙江温州市中有瓯江横贯,江中有孤岛名江心屿,似中流砥柱,岛上风景绝美,游记之。

　　瓯江一脉远山青,
　　洪流孤屿号江心。
　　江风有情慢送客,
　　绿水浮荫渡云影。

2018 年 6 月 15 日

旅迂温州记

戊戌年初夏五月初二

瓯江一脉远山青

洪流孤屿芳江心

江风有情慢送客

绿水浮荫渡云影

辉映东江——一川先生集

温州江心屿中小桥流水

温州江心屿中一景

于温州瓯江江心屿望向对岸

温州江心屿风景导游图

题高中同学范兄聚会诗

(范杰起句)
一人举酒杯,一人拿酒瓶;
一人花枝俏,一人为花笑。
(请"童鞋们"接龙)

(杨惠娟接)
一次喜相缘,一举酒桌边;
一窗三载情,一生永相念。

(尚鹏接)
一时为同学,一世为朋友;
一晃几十年,一醉慰平生;
一席话别酒,一句道艰辛;
一路多珍重,一生多平安;
一轮关山月,一望离别路;
一曲君莫忘,一步一回眸。

2018年6月20日

题清 EMBA 郭泽君兄弟藏区山水摄影图

　　清华 EMBA 同学郭泽君兄弟,长期商旅于青藏高原,兼爱摄影,多有西藏地区背景作品分享,常嘱余题诗记之。

　　云若有情云弄影,
　　山似无心山作景。
　　行藏已备离歌远,
　　人间最美是藏行。

2018 年 7 月 2 日

题郭泽君藏己山水摄影

云若有情霎弄影
山似无心山作果
行藏已备离歌远
人间最美是藏行

西藏的山景

西藏的云和湖

贺清华经管何教授新书出版

尚鹏和

展卷总有益,
何况贤者书?
闻道择邻处,
史海偶拾珠。

附何教授原注:吾二十有志外交研究。后专注经济外交。读书在先而行于后。圈亲们勿信"行路胜读书"之说。不读勿行,行必有方。

获应不孤独,
友来圈内求。
弹指点个赞,
寒冬送暖流。

感恩圈亲关注。

2018 年 7 月 6 日

和潘又林深圳茶溪谷诗

陈年老酒壮士泪,
举樽欲饮心已醉。
溪谷卧云羡鸢飞,
俯看茶园燕来归。

2018 年 7 月 9 日

附:潘又林原诗

陈年老酒壮士醉,
冲阵斩将凯旋回。
一网链深心不累,
五洋神行捉大鳖。

和潘文林深圳茶溪谷诗

陈年老酒壮士泪

举樽欲饮心已醉

溪谷卧云羡鸟飞

俯看茶园燕来归

戊戌年五月廿六

戊戌年六月初九晨车行过苏州纪

　　戊戌年六月初八，余出差苏州。是日晚蒙清华EMBA15D同班班长万卫方同学邀请，置酒至其相城公司招待。共同侪、同学数人皆欢饮，大醉。初九晨往赴苏州高铁站，中途停车于一不知名的小湖畔游玩，感慨同学情怀及年岁匆匆，记游之。

　　常羡蠡施泛湖舟，
　　余生忘却世间愁。
　　最是烟柳苍茫处，
　　有诗有酒到苏州。

2018年7月21日

苏州纪

戊戌年六月初九

常羡范蠡泛湖舟

余生忘却世间愁

最是烟柳苍茫处

有诗有酒到苏州

苏州不知名小湖美景

远处是姑苏的繁华，近处是湖水的清净

辉映东江————川先生集

湖岸上盛开的鲜花

岸边无人远处有城

为题郭泽君兄雅鲁藏布沙海图

我，
雅鲁藏布，
一路向你奔来，
我的沙海。
沿途经过了，
冰雪的冷凝，
山峰的阻挡，
和森林的挽留。
我无心停留，
只为梦中，
你的细柔，
和让我惊艳的色彩。
请用你的粒粒纯洁，
淘尽我的滴滴忧愁，
和孤旅的疲倦。
我愿与你相互浸润，
相伴走远，
哪怕是，
远到天边。

2018 年 7 月 23 日

为题郭泽君兄雅鲁藏布沙海图

我 雅鲁藏布 一路向你奔来 我的沙海 沿途

经过了 冰雪的冷凝 山峰的阻挡 和森林的挽

留 我无心停留 只为梦中 你的细柔 和让我

惊艳的色彩 请用你的粒粒纯洁 淘尽我的滴

忧愁 和孤旅的疲倦 我愿与你相互浸润

相伴走远 哪怕是 远到天边

辉映东江————川先生集

泽君影像翻山越岭

藏区山与水的交界有如油画一般

为和仲凯诗并祝绿丞东涯论坛成功

东涯把酒海天迹，
远望瀛台方丈新。
合十称赞唯祝愿，
朋辈生辉皆余亲。

2018 年 8 月 6 日

附：杨仲凯东涯登岛不成琐记

之一

舟山最北唤东涯，
绝壁常惊雪浪花。
赵普发帖邀我辈，
论坛献策赞中华。

之二

向晚无暇看晚霞,
分身无术事如麻。
遥思嵊泗初夏夜,
天地相连即是家。

为和仲凯诗并祝绿丞东涯论坛成功

天涯把酒海天迹

望瀛台方丈新

合十称赞唯祝愿

朋辈生辉皆余亲

戊戌年初秋乘山航至济南

戊戌年七月廿三日,余乘山航飞济南。山航机舱内眩窗上皆书论语摘句,奇之。俯视窗外孔孟之乡,感怀不已,向机上空姐要得纸张,草草书就。

云端飞行太匆忙,机缘偶得乘山航,
与客论语观两舱,俯视窗外见吕梁。
才从雾隙过孔府,又托倦腮到孟乡,
大明湖畔天净沙,千佛山边菩萨蛮。
关山千里寻子路,九重扶摇重颜回,
盛世儒道诗再唱,不负当年读书郎。

2018年9月6日

注:大明湖、千佛山皆山东济南胜景。天净沙、菩萨蛮为词牌名。子路、颜回为孔子弟子。盖诗赞山东乃文化昌隆、历史悠久之地也。

航班上的手写稿

戊戌年仲春徐州云龙湖行纪

　　戊戌年仲春，行旅至徐州，公事既毕，久闻云龙湖之名，往游。

　　逆旅天涯行匆匆，
　　彭城千年觅汉踪。
　　云龙湖畔龙何在？
　　天齐山头歌大风。

　　附注：徐州古称彭城，云龙湖位于江苏省徐州市泉山区，是徐州云龙湖风景区主要景点，原名石狗湖，最早形成于北宋。云龙湖东靠云龙山，西依韩山、天齐山，南偎泉山、珠山。三面环山，一面临城。苏轼任徐州知州时，时从宾佐僚吏游览云龙山、云龙湖。苏轼感慨，在《答王定民》诗中曰："笔中好在留台寺，遥知旗队到石沟。"台寺即台头寺，石沟指云龙湖。故以形而名石沟湖，后讹传为"石狗湖"。石沟湖之名已有近千年的历史。

2018 年 9 月 22 日

徐州行纪

戊戌年仲春三月初二

逆旅天涯行匆匆

彭城千年觅汉踪

云龙湖畔龙何在

天齐山头歌大风

徐州云龙湖边即景

徐州云龙湖边奇石博物馆大门石

徐州云龙湖边即景

云龙湖岸边无人的景观大道

为二〇一八年国庆深圳夜景题赞联

莲花山上伟人昂首改革大道道通盛世；
大鹏湾畔百姓欢庆开放华灯灯耀神州。
横批：流光溢彩

  附注：深圳福田区莲花山公园，改革开放总设计师邓公塑像即坐落于山顶，塑像高6米，为青铜铸造。塑像的造型为邓公注目远方，昂首阔步，大步向前，寓意中国改革开放的步子要迈得更大一些，深圳首在其责。邓公挥手之间，在短短四十年的时间里，深圳从一个小小渔村发展为世界化的大城市，祖国改革开放的前沿，大湾区建设的领头羊。邓公丰功伟绩、远见卓识令世人敬仰，现莲花山邓公塑像已成鹏城一景，瞻仰之人络绎不绝。

2018 年 10 月 4 日

深圳莲花山上伟人邓公塑像

在深圳莲花山远望深圳的灯火阑珊

为二零一八年国庆深圳夜景题赞联、

戊戌年八月廿五日

溢彩

莲花山上伟人昂首改革开放通盛世
大鹏湾畔百姓欢庆开放起飞灯耀神州

题清华经管陈教授十一圆明园游

2018年国庆节,清华经管陈教授分享圆明园游园美照,照片中的陈教授沉醉美景好不惬意,题赞。

山依远黛水迢迢,
秋叶荻花舟摇摇。
时有双鹄相伴游,
船上羡煞陈教授。

陈留往事随风去,
晓暮寒烟入梦来。
来去自随心意转,
也将笑颜赋流年。

2018年10月6日

辉映东江————川先生集

清华陈教授在圆明园中游艇上悠坐悠游

圆明园中的湖景

圆明园福海中荷花茂盛

福海中一对天鹅悠闲地游着

戊戌年九月挽金庸大侠驾鹤仙去

戊戌年九月廿二，金庸先生在香港驾鹤仙去。闻讯深感震惊和悲伤。在我们成长的岁月里，先生用深厚的学养，创造出精彩绝伦的武侠世界。先生笔下那一个个鲜活的人物，郭靖、黄蓉、张无忌……那一个个精彩的故事，无不饱含中国文化与历史的积淀。这缤纷武侠世界让曾经年少的我躲在小树林里苦练武功，幻想有一天也可以仗剑天涯，也犹豫要不要离家出走投奔少林？现在思来莞尔。那些年代，如我这般思想的少年，不知几多！

感谢先生在我们物质贫乏的年代，用梦想带给我们精神的丰富！先生创造的武侠世界，秉承"侠之大者，为国为民"的理想，必将继续影响中国的一代代后人。

特撰挽联以遥祭先生！

美玲一去，世间再无黄蓉；
金庸刚走，天地只剩江湖。
横批：先生走好！

2018 年 11 月 1 日

挽金庸大侠

美玲一去 世间再无黄蓉
金庸刚走 天地只剩江湖

附 先生走好

在物质贫乏的时代 用梦想带给我
们精神的丰富

为赋戊戌年肇庆人才节

戊戌十月廿九,余参加肇庆人才节,岭南风景,肇庆为首。

初识肇庆缘端砚,
水云过处鼎湖山。
七星岩下烟波绿,
天上人间渡云闲。

2018 年 12 月 6 日

戊戌年肇庆人才节

初识肇庆缘端砚
水云过处鼎湖山
七星岩下烟波绿
天上人间渡云闲

戊戌十月廿九

东坡居士超然台怀古

戊戌年冬日随海归博士团赴山东诸城考察,热情的诸城市政府专门组织海归博士们登临诸城苏东坡遗迹超然台游览,访古有感。

江南花犹盛,
北疆雪已封。
心存惠民志,
万里犹从容。
超然在密州,
心共士与农。
台前沐秋风,
台上望星空。
明月时时有,
尽在把盏中。

附注:北宋熙宁中,东坡居士上书朝廷,主动请缨由江南绮丽之地杭州通判调任时蝗旱交接之密州任知州。履任之初便不辞辛劳，治灾祈雨，安庶民，劝农耕，兴水利。历二年，政绩卓然。又筑超然台，著《水调歌头·明月几时有》，遂成千古中秋词之绝佳。一个国家，一个民族，既要有埋头做事之人，更要有仰望星空之人，若二者兼顾，岂非圣贤也欤?！先贤若此，感怀记之。

2018 年 12 月 14 日

东坡居士超然台怀古 代戌年冬

江南花犹盛 北疆雪已封

心存惠民志 万里犹丛容

超然在密州 心共士与农

台前沐秋风 台上望星空

明月时时有 冬在

北宋熙宁中,东坡居士上书朝廷,主动请缨由江南绮丽之地杭州通判调任时疫旱交接之密州任和州,履任既不辞辛劳,治灾祈雨,安庶民,劝农耕,兴水利,历二年政绩卓然,又筑超然台,著《水调歌头·明月几时有》遂成十古中秋词之绝佳。

一个国家,一个民族既要有埋头做事之人,更要有仰望星空之人,若二者兼而有之,岂非圣贤也欤,先贤著此感怀记之。

辉映东江——一川先生集

山东诸城超然台远景

超然台上如今的匾额

诗赠清本 94 岳师弟可可西里星空摄影

清本 94 岳师弟在微信群中与大家分享了在可可西里等地雪山见闻并图。其时雪野宿山腰，夜晚遥望清澈的星空，但见繁星交映，晨起看见雪山峰巍峨，就在眼前。余亦有感，著之。

这一宿的繁星，
都在看你，
难道你不觉得受宠若惊？
原来这遥远的关怀，
从来没有远离，
却数也数不清，
那一刹那，
泪水浸湿了眼睛。

这一夜的风雪，
都在伴行，
难道你不觉得辛勤？
原来这洁白的晶莹，

从来没有放弃,
却只是不懈地接引,
那一刹那,
顷刻洁净了心灵。

2019 年 4 月 22 日

待赠清本九四岳师弟可可西里星空摄影 二零一九年四月二十二日

这一宿的繁星 都在看你 难道你不觉
得受宠若惊 原来这遥远的关怀从来
没有迷离 却数也数不清 那一刹那
泪水漫湿了眼睛
这一夜的风雪 都在伴行 难道你不觉
辛勤 原来这洁白的晶莹从来没有
放弃 却只是不懈的接引 那一刹那
顶刹洁净了心灵

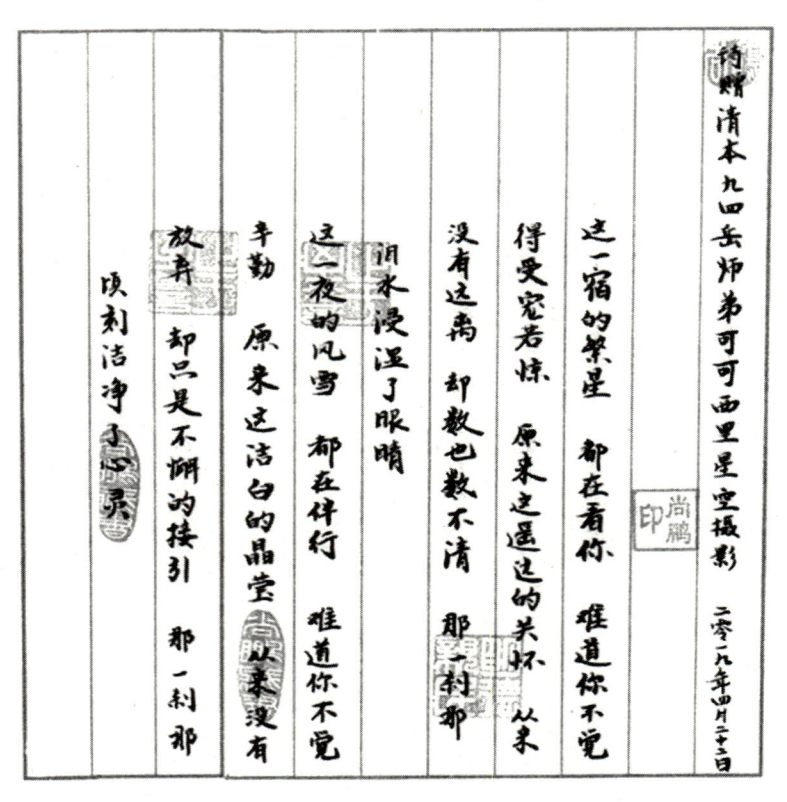

诗赠清本94岳师弟可可西里星空

辉映东江————一川先生集

清华岳师弟雪宿青藏高原雪山脚下

清晨出帐抬头蓦然看见雪山巍峨

己亥年五一访罗浮山微雨

　　己亥年三月三十，余与内人驾车游广东名山罗浮山，到时太阳高照，入山不久即小雨，茶余工夫，天复晴朗。

　　常羡葛洪采药忙，
　　罗浮山下问道藏。
　　细雨空蒙旋日照，
　　始信人间有仙方。

2019 年 5 月 4 日

己亥年五一访罗浮山微雨 己亥年三月三十

罗浮山下问道藏

细雨空蒙旋日照

始信人间有

游绍兴会稽山大禹陵

己亥年四月廿二,余赴浙江绍兴洽谈项目,宿于浙江干部管理学院,恰在大禹陵边。

文脉不绝,中华依旧有遗风;
武略慎远,炎黄终究傲苍穹。
横批:禹德昭彰。

2019 年 5 月 26 日

辉映东江————川先生集

绍兴大禹陵大禹巨幅雕像

雕像中的大禹面向华夏大地

游绍兴会稽山大禹陵 己亥年四月廿二

禹德昭彰

支脉不绝 中华依旧有遗风

武略慎远 炎黄终究傲苍穹

题清华 EMBA 傅水康恩施峡谷行图

己亥年六月十四，清华 EMBA 傅水康同学分享恩施峡谷游照片，题图。

仲夏出游寻溪露，恩施峡谷只影孤。
幸有青山来迎送，殷勤问我之何处。
我道人生多歧路，不如留此长相往。
青山语我莫踯躅，峰峦秀色非尔属。
有情山水无重数，险峰更在斜阳暮。

2019 年 7 月 6 日

附：傅永康和诗

次韵尚鹏兄赠诗恩施至重庆车途有感而作。

朝发恩施烟和露，群山万壑数峰孤。
层岩高崖出深峡，飞瀑遥看仙居处。
此景身处人忘返，此心可待流连往。
暂离尘世脱尘欲，且寄山水情之属。
惜又一年挥手别，巴山夜雨楚天目。

题清巳傳永康恩施峡谷

己亥年六月十四

仲夏出游寻溪路　恩施峡谷只影孤
幸有青山来迎送　殷勤问我之何处
我道人生多歧路　不如留此长相住
青山语我莫踟蹰　峰峦秀色非尔属
有情山水无重数　险峰更在斜阳暮

附 傅永康 次韵尚鹏兄赠诗恩施至重庆车途有感而作

朝发恩施烟和雾 群山万壑数峰孤
屋岩高崖出深峡 飞瀑遥看仙居处
此景身处人忘返 此心可待流连住
暂离尘世脱尘欲 且寄山水情之属
惜又一年挥手别 巴山夜雨楚天暮

蓬莱之滨

己亥年八月初二从深圳赴烟台,适山东航空公司航班中作。

天地玄黄,宇宙洪荒。
云中斜阳,一线金光。
空中四望,唯雾茫茫。
齐鲁之觞,孔孟道场。
蓬莱之上,何处仙乡。
岭南犹暑,北地秋凉。
极目北望,渤海苍苍。
身既无妨,意驰八荒。
神思飞翔,我心维扬。

2019 年 8 月 31 日

蓬莱之滇

深圳赴蓬莱旅途中作 己亥年八月初二

天地玄黄，宇宙洪荒，云中斜阳，一钱金光

空中四望，唯雾茫茫，齐鲁之腑，孔孟道场

蓬莱之上，何处仙乡，岭南化暑，北地秋凉

极目北望，渤海苍苍，身既无妨，意敢从兼

神思飞翔，我心维扬

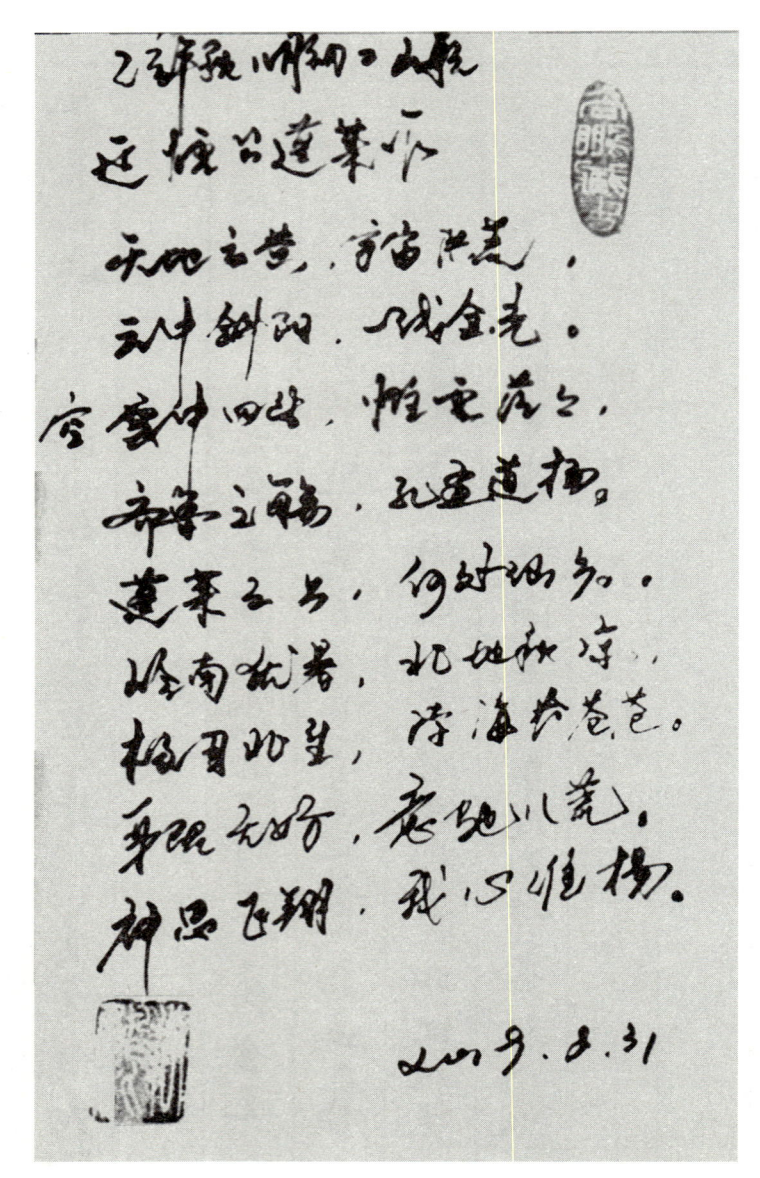

航班上手写草稿

于机上瞥见苍茫天空中阳光照耀机翼一角

航班窗外云雾茫茫

海岸上潮水已退

远望蓬莱阁

蓬莱阁边怀古

己亥年八月初二应绿丞赵总邀请,赴烟台讲学。行色匆忙中在蓬莱阁边驻足观望,有感,遂作。

八仙山上草木长,
烟雨台边思秦皇。
齐鲁英雄蓬莱客,
望断仙乡泪千行。

2019 年 8 月 31 日

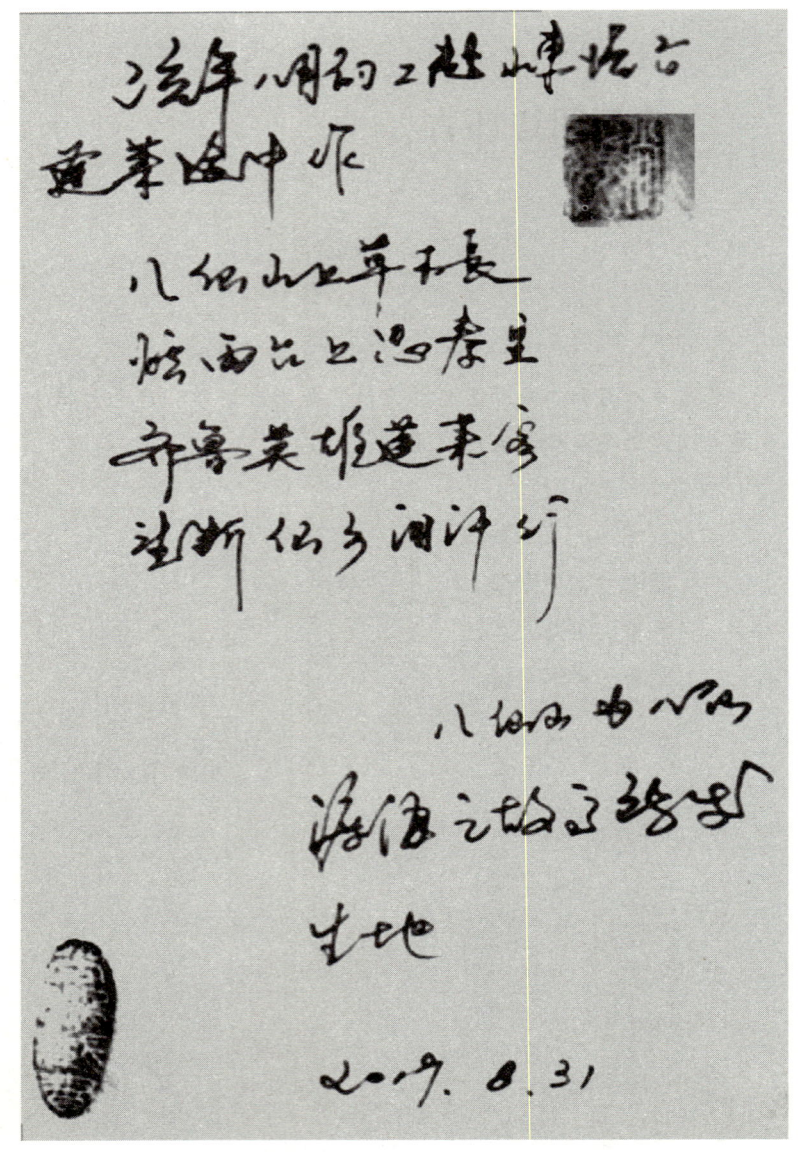

途中向景区工作人员索要纸笔草写手稿

辉映东江————川先生集

蓬莱阁海岸边的美景

戊戌年中秋祈佑家严安康

己亥年八月十六,时维九月,序属三秋,九旬老父病危,合十祈于焦作医院 ICU 病房门外。我心念不强,愿有缘大家都助我,祈愿上苍佑我家父安康。

中秋月朗朗,
望太行茫茫,
渐觉秋风,
山阳雨初凉。
愁眉辗转在药行,
脚步匆匆,
众生样。

多年读书忙,
思家严当年,
教儿诗书慈祥。
叹如今,
竟不擅岐黄,

束手病榻旁，
无力亲把药尝。
向隅哽咽，
泪千行！

一门恍隔阴阳，
耄耋伏乞百年强。
时下断愁肠，
惶惶无计量，
期与地藏细商量，
以我寿数，
换父康。

2019 年 9 月 16 日

中秋祈福佑家严安康

己亥年八月十六时维九月序属三秋 九旬老

父病危合十祈于匡作医援外 我心念不强愿

有缘大家都助我 祈愿我家父安康

中秋月朗朗

望太行茫茫

渐觉秋凡

山阳雨初凉

慈眉辗转在药行

脚步匆匆

众生样

多年读书忙

思家严当年

教儿诗书慈祥

叹如今

竟不逢岐黄

束手病榻旁

无力来把药尝

向隔咽

泪千行

一门怳隔阴阳

耄耋伏气百年强

时下断愁肠

煌＿无计量

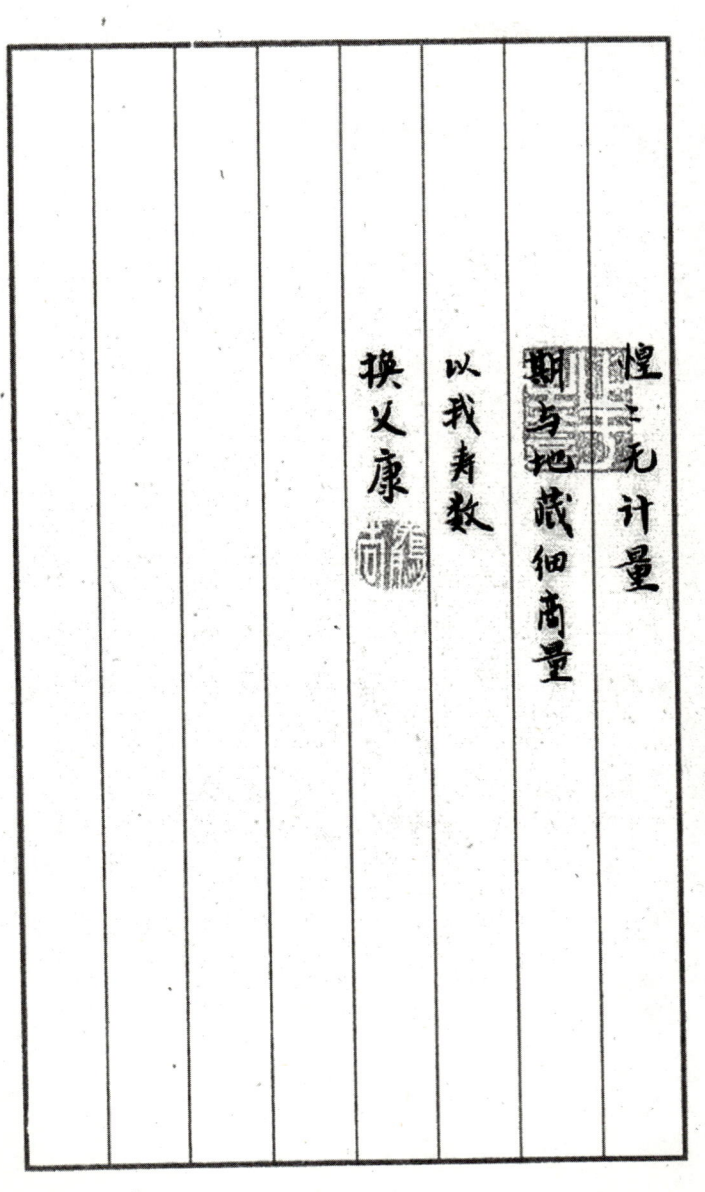

期与地藏细商量

以我寿数

换义康

七言己亥年秋悼亡父

潇潇秋雨九月凉,
仙鹤岭上祭爹娘。
松柏苍苍无来路,
举目唯见莽太行。

己亥年九月初一日,父亲亡故,享年九十又三。虽得高寿,然作子女者焉有不期父母百年之理?终不能得,思之断肠!

父亲半生戎马,抗美援朝战场受伤、立战功而归。一生乐善助人,近又获共和国七十周年纪念勋章,可谓殊荣。余母早丧,九月初五日,合葬父母于太行山南麓之仙鹤岭上。午时礼毕,天尚晴朗,下午三四点,淅沥小雨始下,天若有情乎暗合悲声?

父母在,人生有来处有归途,父母去,人生只剩归途,思之怆然!

2019 年 10 月 7 日

己亥秋悼亡父

潇潇秋雨九月凉　仙鹤岭上祭爹娘

松柏苍苍无果路　举目唯见莽太行

己亥年九月初一日老父亡故　享年九十又三　虽得高寿　然作子女者焉有不期父母百年之理　终不能得　思之断肠

余父半生戎马　抗美援朝战场受伤　立功而返　一生乐善助人　近又获共和国七十周年纪念勋章　可谓殊荣　余

母早丧 九月初五日 合葬父母于太行南麓之仙鹤岭上

午时礼毕 天高晴朗 下午三四点 淅沥小雨始下 天

若有情乎暗合悲声

父母在 人生有来处有归途 父母去 人生只剩归途

思之怆然

辉映东江—— ——川先生集

父亲获得的军功章

朝鲜军方颁发的抗美援朝军功章

141

父亲获得的新中国成立七十周年纪念章

父亲年轻时的戎装照

辉映东江————川先生集

年轻时父亲戎装照　　　　　　离休后父亲

年轻时父亲曾荣登苏联国内报纸封面（中间）

题清华 EMBA 泽君西藏大昭寺摄影

　　大昭寺广场日落,虔诚修行的藏族同胞向大昭寺行最后一个等身礼后离开。

　　怀一腔虔诚,
　　走一线天路,
　　叩一路等身,
　　送一缕晚霞。
　　不为祈一世平安,
　　只为寻觅,
　　释迦牟尼,
　　佛的足迹。

2019 年 12 月 12 日

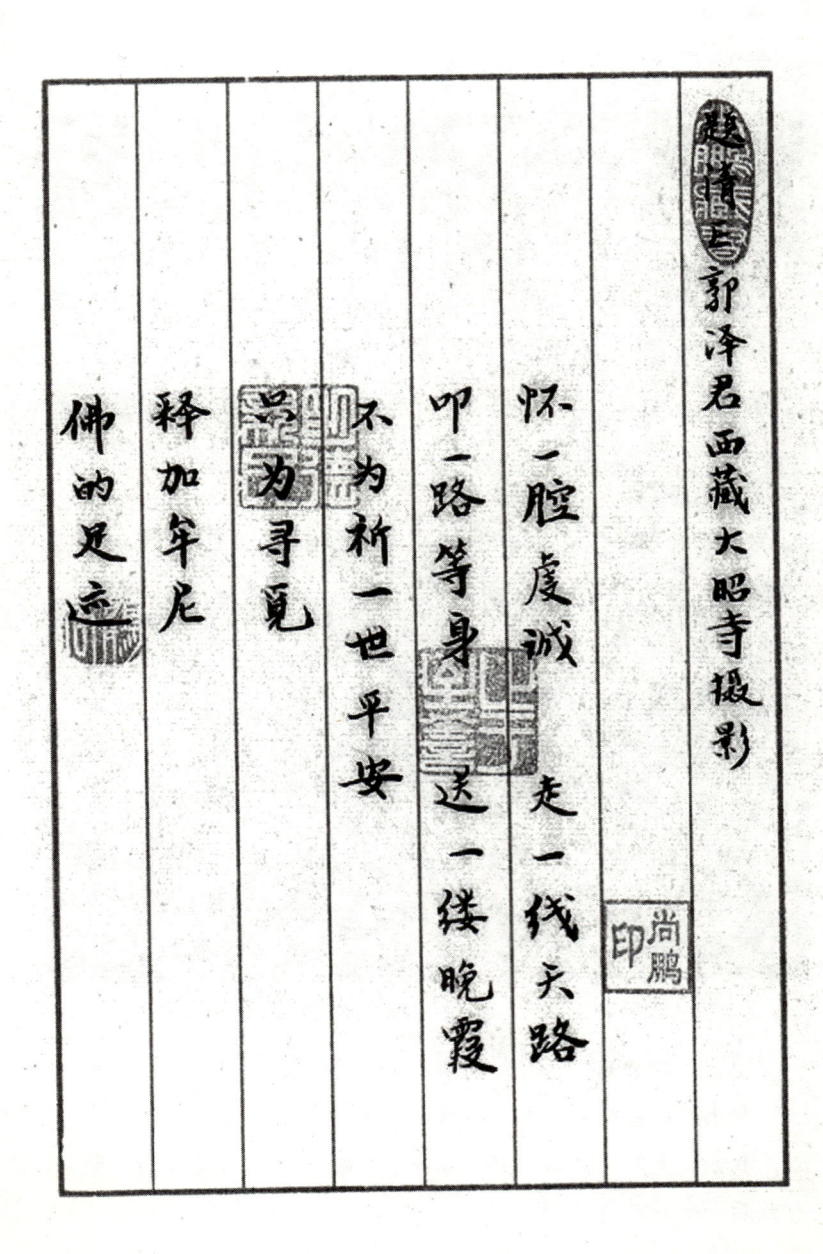

郭泽君西藏大昭寺摄影

怀一腔虔诚 走一线天路
叩一路等身 送一缕晚霞
不为祈一世平安
为寻觅
释加牟尼
佛的足迹

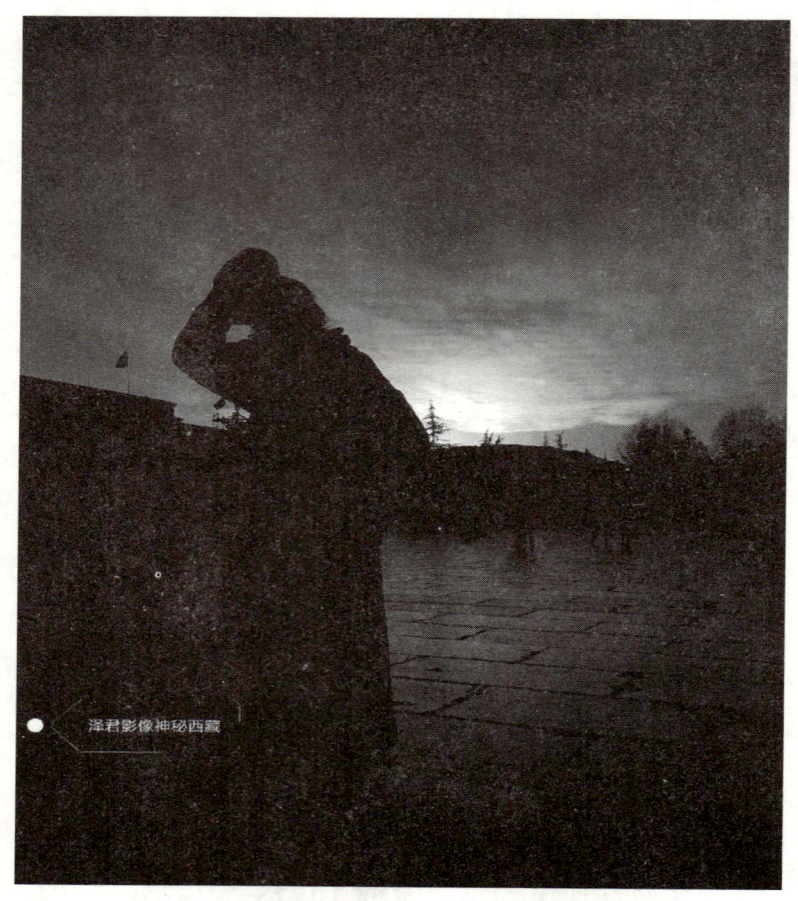

日暮十分西藏大昭寺虔诚的藏民叩头准备离开寺院

图注：泽君影像，神秘西藏……

光影：彩色晚霞和人物作揖剪影形成对比。

构图：大昭寺广场日落，修行了一天的老百姓转身向大昭寺行最后一个礼后离开。

己亥年冬月廿八过大明湖

　　庚子年冬日差旅，闲暇之际，余独游济南大明湖有感。大明湖畔有济南二安遗迹，亦有清乾隆年间夏雨荷传说遗迹。

冬日明湖水溶溶，
稼轩祠里觅英雄。
塔影慵慵还清照，
夏日雨荷剩残红。

画舫无声轻划过，
桥边细柳堤曾巩。
水中锦鲤影重重，
蛰居一季再繁荣。

2019 年 12 月 24 日

注：大明湖畔有曾工堤为唐宋八大家之一曾巩所筑。

济南大明湖畔的辛弃疾祠

济南大明湖中的落叶与游鱼

辉映东江————川先生集

济南大明湖畔城门楼

垂柳中的大明湖岸

微信收故园山阳小雪图

庚子年正月初十五夜偶梦故园山阳，朝闻家乡初春小雪，同学共享雪景图数幅，见落地有寸许，山湖皆白，有感于岭南惠州，遂作。

萧瑟山阳归雁迟，
风吹雪花沾衣湿。
捉得明月庭前影，
写入乡愁梦里诗。

2020年2月4日

辉映东江——一川先生集

故乡山阳雪封的龙源湖岸一角

松雪中屹立的焦作电视塔

漫漫白雪不见人

冰封的龙源湖与远处的电视塔

天地疏彬雪中即视

龙源湖岸远望焦作电视塔（山阳）

异韵和曲水流觞诗社沈婷浣花渡图

三月桃花竞,
四时此刻清。
愿泛一叶舟,
绿波随倩影。

2020 年 3 月 17 日

附:沈婷春光渡诗

船头娇娘船尾郎,
桃花流水尽风烟。
红伞竹笠遮何物?
春雨滋润奈何天。

辉映东江——一川先生集

诗友分享江南浣花渡美图并邀题诗

庚子清明北望遥祭父母

庚子年清明又梦故乡校园,梦中寻找父亲,却遍寻不见,醒来思之黯然。于广东惠州遥寄父母。

小楼一夜听风雨,
故园几度黯乡绪。
遥思父母太行远,
仙鹤岭上春又绿。

2020 年 4 月 5 日

辉映东江——一川先生集

故乡山阳（焦作）太行山上缝天针塑像

故乡山阳北巍巍的太行山

为曲水流觞诗社题扬州瘦西湖晚照亭图

柳下古亭,
沉醉夕阴。
光影玲珑,
我心澄明。

2020 年 4 月 15 日

辉映东江——一川先生集

晚照中的扬州瘦西湖亭台

庚子年初春惠州淡澳河慢行

  庚子年初,余迁居惠州大亚湾淡澳河畔,初春之际与内人偕游于淡澳河边湿地公园,花开繁盛,景色卓异。想江南此刻,应还是初春季节,或已花开?感慨记之。

东江左岸杨柳树,
春风十里好读书。
但得岭南花开处,
人生何必羡姑苏。

2020 年 4 月 18 日

广东惠州淡澳河边公园一角

辉映东江————川先生集

惠州淡澳河边公园中花木繁多

公园中小桥流水一景

辉映东江———川先生集

湖小桥短水横波

公园中眺望远处惠州市

五一随笔·小睡时节日已迟

小睡时节日已迟,
醒来犹觉泪痕湿。
相思不关梦里人,
沉吟镜前鬓无丝。

2020 年 5 月 1 日

庚子年四月廿二惠东纪行

　　昔曾与众友聚游于圆明园中，友曾吟上联：落日熔金，吹梅笛怨，家在何处？盖易安词摘句也。余隔日对曰：画舫听涛，奏霓裳曲，心归太虚。盖另一种心境耳，思来又已数年。

　　庚子年春日，余游惠州文化广场，其地处于东江之畔。日落时分，斜阳点点映照江面，彼时月轮如钩，亦在天际，大美如斯，感而作。

　　落日熔金，
　　吹梅笛怨，
　　家在何处？

　　长河月起，
　　唱采莲曲，
　　西枝江头。

2020 年 5 月 14 日

忆江南·金陵好，钟山起新篇

　　庚子年闰四月十七，余正从南京高铁站欲往滁州，时曲水流觞诗社吴亚子分享《忆江南》一曲，呼唤诗社同侪共同唱和，余观高铁站窗外正是风景秀丽的玄武湖，金陵往事一时涌上心头，即同曲和之。

忆江南·和诗社吴亚子仍用原韵

金陵好，
钟山起新篇。
秦淮河里桨声浅，
玄武湖畔柳下眠。
如是乐无边。

2020 年 6 月 8 日

附：诗社吴亚子《忆江南》

　　金陵好，
　　风景入诗篇。
　　乌衣巷深烟笼浅，
　　栖霞山静鸟安眠。
　　夫子乐无边。

庚子年闰四月十七再登虎丘

庚子年四月,余因为出差到访苏州,闲余之时再登虎丘。距离上一次登临,已经去时十七年余,景物依旧,而人世间已变,记之。

苍茫一去云海间,
再登虎丘半霜颜。
英雄冢外香魂伴,
试剑石边枕石闲。

别有洞天惊过眼,
剑池幽深鱼肠眠。
虎丘塔斜影森森,
云岩寺浅竹绵绵。

养鹤涧里无鹤语,
五贤堂上有余篇。
闲坐骑云望浮云,
回向姑苏又千年。

2020 年 6 月 8 日

注:虎丘公园中有骑云阁,内有石桌椅,可供游人休息。

辉映东江————川先生集

苏州虎丘公园中的枕石

苏州虎丘公园中大吴胜壤匾

辉映东江——— —川先生集

苏州虎丘公园中的放鹤亭大字

苏州虎丘公园中试剑石

辉映东江——一川先生集

虎丘剑池下相传为吴王阖闾墓中陪葬宝剑三千

苏州虎丘斜塔

金陵北望王气休

庚子年闰四月十八,余从南京过滁州,公事毕,当地政府官员安排到琅琊山、醉翁亭游览。记游。

金陵北去王气休,
蔚然深秀是滁州。
酿泉清冽权当酒,
醉翁唤作欧阳修。

2020 年 6 月 9 日

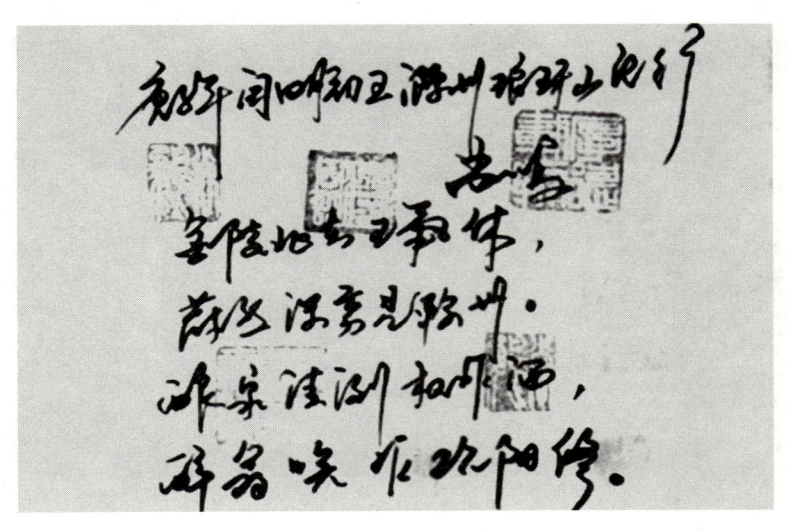

南京高铁站边手书草稿

滁州琅琊山醉翁亭边仰拍

辉映东江————川先生集

滁州琅琊山公园一景

滁州琅琊山酿泉近拍酿泉题字

夏至为曲水流觞诗社命题应和

时值双闰春似留,
庚子春深世事忧。
迎来夏至送瘟神,
人间依然写春秋。

2020 年 6 月 10 日

端午诗

　　庚子年端午节,在惠州淡澳河畔居住,午休后沿河边散步,触目皆景,因作。

　　　　庚子春半到端午,
　　　　荷叶满塘芳蝶舞。
　　　　遇见渔父问道长,
　　　　赋罢橘颂入江湖。

　　　　　　　　　　　　2020年6月14日

辉映东江——一川先生集

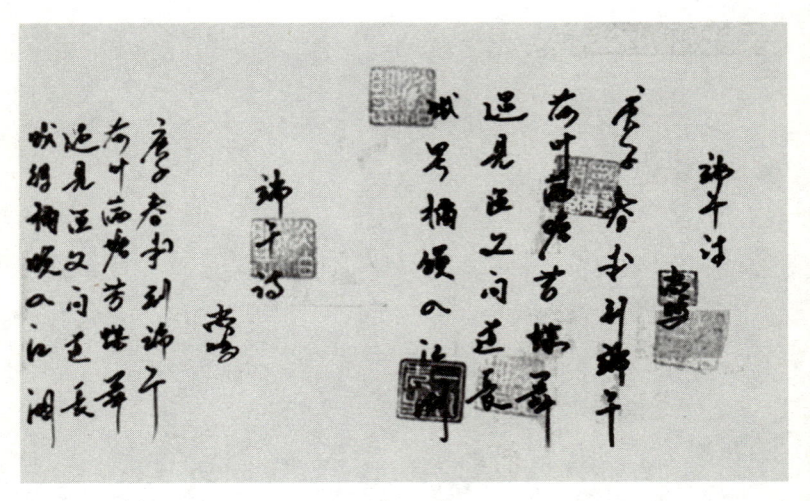

随手涂鸦诗稿

庚子年高考日有感兼勉学弟妹

庚子年五月十七日忽闻为高考日,距吾同侪高考已三十三年矣,感而作。

一觉醒来半甲子,
二鬓微霜洗漱迟。
三十三年同一梦,
始惜花开少年时。

2020 年 7 月 7 日

题清北诗社飞雪玉兰荷花图

清北诗社飞雪玉兰分享荷花图,看着图上荷花,想起一二句:

堂后荷塘,风送荷花香香香;
岸边柳黯,雨刷柳叶寒寒寒。
横批:良辰美景

2020 年 7 月 26 日

清华大学工字亭后荷塘景色

题曲水流觞诗社林中琴剑图

一曲听罢酒一盅，
两袖青盈抚古筝。
长剑荡尽天下事，
归去还来就林风。

2020 年 9 月 6 日

附：山野村夫《九月六日遇双图无诗作有感》

今日见图不见诗，唯见宝马纵江湖。
请为文郎弹一曲，我温美酒把剑舞。
剑舞不好君莫笑，我牧羊来我逍遥。
此生多伴风雨雪，明日不知漂何处。

诗赠泽君同学西藏爱心行

  清华 EMBA 同学泽君兄,庚子年秋月于拉萨启行,举行为藏区同胞送合家福摄影照爱心行活动,雪域藏胞着新衣以迎,情暖高原,诗以赞之。

  雪域风霜紧,
  高原风景异。
  却见泽君行,
  送暖到天际。

  相见合手笑,
  合照着新衣。
  笑容留苍苍,
  爱心满依依。

2020 年 9 月 6 日

辉映东江————川先生集

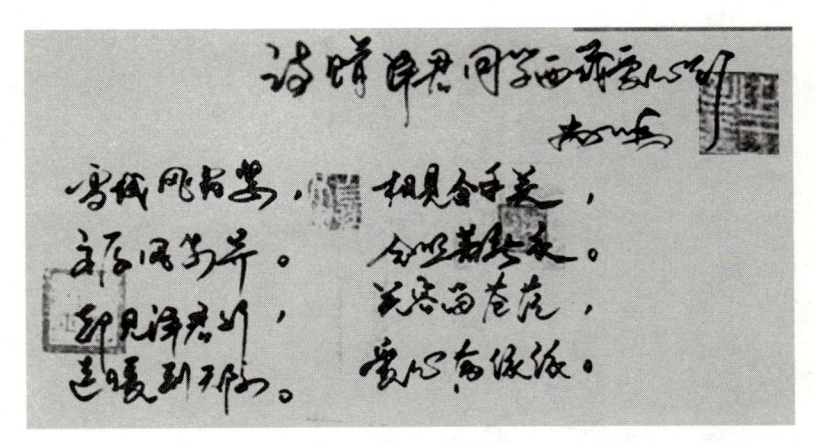

诗赠泽君同学西藏爱心行手写书稿

清E郭泽君同学分享的藏民全家福照

辉映东江————川先生集

郭泽君同学为藏民拍摄全家福

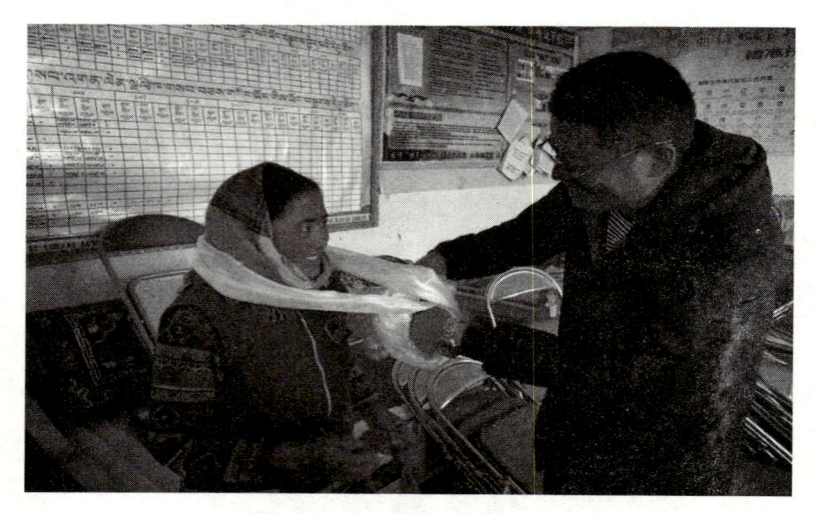

郭泽君同学为藏民系上哈达

广西贺州姑婆山玉石林记游

庚子中秋，与内人驾车游于广西贺州。但见姑婆山水秀，玉石林石憨。或告余曰玉石林由罕见的汉白玉石笋组成，如万军群聚之势，石笋尖顶汉白玉石色显露，妆如白首，为奇观也。诗记之。

八桂大美数贺州，
庚子中秋始得游。
清泉不恋林壑美，
汇向大海不回流。

玉石林下万峰稠，
万千姿态待封侯。
不信苍天云有情，
惊见人间石白头。

2020 年 10 月 3 日

广西姑婆山清冽的溪水

广西贺州石林中奇石耸立

露下窗外听寒蝉

露下窗外听寒蝉,
浊酒已醉抱秋眠。
梦回故园多少路,
泪眼醒来无少年。

2020 年 11 月 10 日

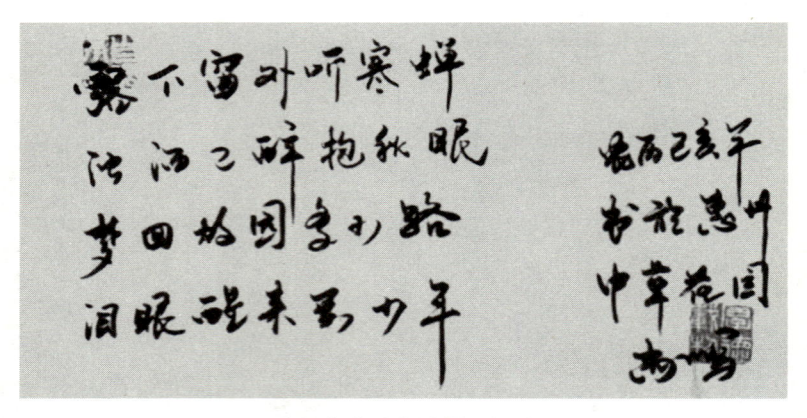

露下窗外听寒蝉草写词稿

西江月·万古如同大梦

微友附宋儒朱敦儒《西江月》于微群，笑邀诗友和之。余正感庚子年时事纷扰，忽匆匆又一岁终，慨叹之，遂尾续之，一笑而已。

尾附仍用原韵。

万古如同大梦，
世事几度浮云。
常持平淡寂寞心，
管它穷命达命！

偶共三五友好，
携酒共赏花新。
浑如天地一时亲，
明宵醉醒未定。

2020 年 11 月 25 日

附：宋·朱敦儒西江月·世事短如春梦

　　世事短如春梦，人情薄似秋云。不须计较苦劳心，万事原来有命。

　　幸遇三杯酒好，况逢一朵花新。片时欢笑且相亲，明日阴晴未定。

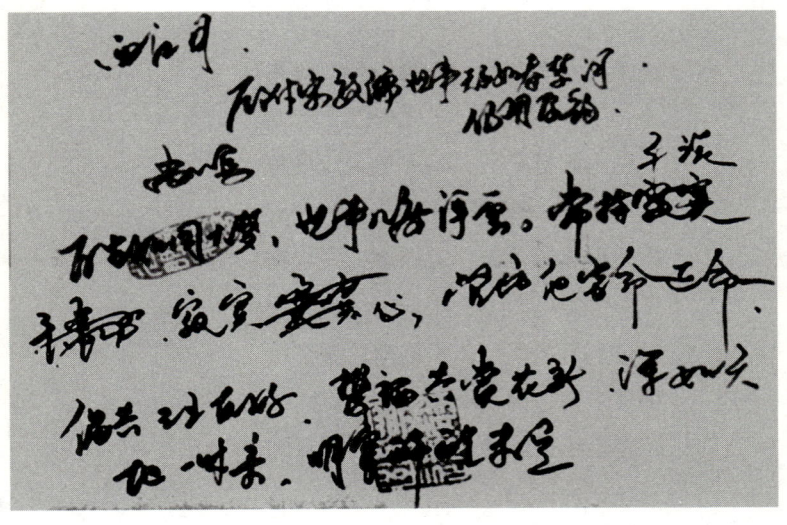

《西江月·万古如同大梦》草写稿

江城子·一别山阳世茫茫

庚子年初冬忽忆少年读书忙,述怀。

一别山阳世茫茫,暗思量,竟难忘。
少年一中,读书秋渐凉。
纵然再见更不识,发无痕,鬓早霜。

年过半百惧还乡,木格窗,露红妆。
相思未寄,锦书堆千行。
回首当年苦读处,斜月夜,黯平冈。

余依稀记得焦作一中教室边上有小土堆?谁人或记得以告余?

2020 年 11 月 30 日